短歌研究文庫

たんぽるぽる

雪舟えま

たんぽるぽる＊目次

たんぽるぽる

たんぽるぽる

札幌市と北広島市、杉並区に。
そして、これから住むすべての場所へ
愛をこめて

1. 道路と寝る

ムーンせんべい。三日月、上弦、満月、十六夜など月の満ち欠けをかたどったせんべいが一箱に一枚入っている。どの形が入ってるかはわからず、「新月」として空っぽのこともある。その「新月」こそが当たりで、幸運を呼ぶんだそうだ。何箱かに一つはカラでいいなんて製菓会社の陰謀だね、といわれながらも月の港の代表的なおみやげである。私は三日月が当たり、食べるところがほとんどなかった。友だちは満月が当たって、おなかがいっぱいになったそうだ。

目がさめるだけでうれしい　人間がつくったものでは空港がすき
とても私。きましたここへ。とてもここへ。白い帽子を胸にふせ立つ
お経みたい東京の夏　おおがらなおんなといわれほほえんでいる
江東区を初めて地図で見たときのよう　このひとを護らなくては

美容師の指からこの星にはない海の香気が舞い降りてくる

愛してる東京　アパートの庭木のつるをつかめば一階の秋

恋びとのうそと故郷の羊肉が星の散らばる新居に届く

宇宙のほうから触れてきたのわたしスケートリンクで迷子でした

東京の道路と寝れば東京に雪ふるだろう札幌のように

ジャンヌダルクのタイツの伝線のごとき流星に遭う真夜のごみ捨て

ガーゼハンカチに苺の汁しみて　うん、しあわせになるために来た

顔ふいたタオルそのまま皿もふき天にお返しするように置く

会社員の娘なのに家のことおもいだすとき一面の草

薄っぺらいビルの中にも人がいる　いるんだわ　しっかりしなければ

げろに灼けた髪のなか目覚めて光　そう髪長くしたかったたんだ

ルピナスの爪の中レンズ雲浮かぶDNAよこれはいつの空

温度の不安定なシャワーのたびに思いだすひととなるのだろう

青森のひとはりんごをみそ汁にいれると聞いてうそでもうれしい

おんなじパックに入れてよかったね、きょうだいらしいあさり二つは

気に入ったページは歯形つけるでしょ　これはいもうと　これはあたしの

とまらないくしゃみ気にして出ていった一筋に差す光の中を

おまえよく生きてるなあと父がいうあたしが鼠にいったことばを

つま先が闇に触れぬよう69でねむるあねといもうと

あのクラビノーバのキラキラが兎、世界の中のおまえのことよ

人間をすきじゃないまま死にそうなペット　宇宙の　はるなつあきふゆ

雨の中うさぎに雨を見せにゆくわたしをだれも見ないであろう

ちがう名で呼べど獣はとおい日の笑顔のように近づいてくる

もっとも旅にみえないものが旅なのか目覚めて最初に見るぬいぐるみ

生きてるうちに遺言は何度もかなうアイコン全部スヌーピーになる

なめかけの飴をティッシュの箱に置きついに住まない城を想えり

出されずに持ち歩かれている手紙多そう　梅雨の都市をみおろす

あたしは地球の数倍、重力の強い星からきた女だ
地球人の数倍重い夢に耐えられるようにできているはず

2.

炎《えん》正妃

逢うたびにヘレンケラーに［energy］を教えるごとく抱きしめるひと

タカハシの天体望遠鏡みたいおまえのふとももは世界一

もう歌は出尽くし僕ら透きとおり宇宙の風に湯ざめしてゆく

金髪をかきまぜられているまひる見渡すかぎりいないどうぶつ

えんぴつけずりにえんぴつをさして震える光わたしの教会

理科室の舐めたら死ぬ青い石を指環にふさわしければ盗めり

みにおぼえないほどの希望に燃えて目覚めてもあと二万回の朝？

ふと「死ね」と聞こえたようで聞きかえすおやすみなさいの電話の中に

部屋をとりかこんで落ちる稲妻の中に羽毛の舞う国がある

どの恋人もココアはバンホーテンを買いあたしの冬には出口がない

冬未明じぶんのために適当につくったサラダは火薬の匂い

なんでこうつららはおいしいのだろう食べかけ捨てて図書館に入る

その国でわたしは炎と呼ばれてて通貨単位も炎だったのよ

あ、なだれ。真夜中に茶葉量りつつ目はひらいてもとじても悪夢

幻の瀑布のさなか絶対に呼ばぬ名として想う名のあり

死だと思うアスタリスクがどの電話にもついていて触れない夜

猫になり炎になりするものがすねを掠める　終わらせてくるわ

春の雨　村上姓は素敵だと気づき村上さんに言いに行く

きみ眠るそのめずらしさに泣きそうな普通に鳥が鳴く朝のこと

春雷は魂が売れてゆく音額を窓におしあてて聞く

三月の朝　霧　ポマードの匂い　他者の旅ぜんぶ聞けばくるう
すじ雲のようなシールのはがし跡　お願い　だけどいったい何を

あたしを抱きしめて「おまえも自転車買え。」っていったの、
覚えてますか？
「買う。」とあたしはいって、いきなり空は十倍も高く、深くなったのでびっくりしました。

3. 魔物のように幸せに

おにぎりをソフトクリームで飲みこんで可能性とはあなたのことだ

緑色にメーターかがやき車はときをこえてもよいかといった

表紙見ただけで涙が出る童話と同じ第一印象のひと

黒板のふたりの名を合わせたような熟語まぶしい夏休み前

寄り弁をやさしく直す箸　きみは何でもできるのにここにいる

パラパラマンガの君動きだすときあざやかすぎる秋の放課後

一列の鍵盤刻まれし机わがものとなる席替えの朝

わたしの自転車だけ倒れてるのに似てたあなたを抱き起こす海のそこ

駱駝みたいまつげに雪が乗っかっているよあなたを伝説にしたい

箱買いの蜜柑二人で床にあけ　見たことないよこんな冬、って

脂っぽいあたま抱けば一瞬の住所を銀河にもつ心地する

かなしい歌詞に怒れるきみは紅葉のなかへあたしをつかんでゆきぬ

鹿の角は全方角をさすだめな矢印、よろこぶだめな恋人

郵便は届かないのがふつうだと思うよ誰もわるくないのよ

虚無僧はかごがぐらぐらゆれるからあんまりはやく走れないはず

びすびすと降る雹のなか抱きあって　むかし金属だった気がする

一泊で行けるところまで行こうって雪虫ころさないようはらう

ふるい手紙をひらいたら消しかすががたっと動いてびくっとする

恋がきわまればすなわち旅人のふたり合わせて年賀状0

愛が趣味になったら愛は死ぬね…テーブル拭いてテーブルで寝る

すきになる?　何を　こういうことすべて　自信をもってまちがえる道
このさきは未来のひとにまかせたい幸福なときのあたしはよわい
ハックルベリーフィンにうまれたからは髪降る樹上からの口づけ
闇のなかギネスビールを飲みのこし魔物はとても満足でした

この家にくるひとは眼鏡がすごく曇るっていうそんなのしらない
夜がすき？　夜がすきだよどこをどうきたか漆黒の土俵に出る
排気ガス脛にかかればなつかしい　こうやって逢うことはできるの
微熱なのかこれが平熱になったのかきめて、札幌からきたトラック

ぼたん雪ひとひら白ねずみとなり宇宙よ起きて待っててあげる

4. 愛に友だちはいない

そのクリームパンは
日なたにおかれるとたちまち腐るという
そのクリームパンを
あたしは天使とおもった
そのクリームパンを
あたしは食べてない
売っている店は
あなたとあなたの恋人しか知らない
あたしは知らない

たこ焼き屋の手さばきガラスにくっついて見ている　恋がかなわないの

とらぴすとくっきー口中が熱いあいたくてあいたくて吐きそう

ひかげ　ときみは駆け出すどうか皆どうか長生きをしてください

日のなかを次から次へ虹を脱ぎながら歩いてる　今日、会えます

マスカラは青く流れて人生が美しいことしか分かれない

すきですきで変形しそう帰り道いつもよりていねいに歩きぬ

あなたがひとを好きになる理由はすてき森がみぞれの色に透けてく

誕生会行って誕生日のひとにさわってきたと　まるで風だね

逢えばくるうこころ逢わなければくるうこころ愛に友だちはいない

シャンデリアになっているようで何度もじぶんを見おろしながら走る

やっと二人座れるだけの点のような家を想うと興奮するの

ついてしまえば地図に用はなくなり向きあってただ息をしていた

全身を濡れてきたひとハンカチで拭いた時間はわたしのものだ

男って妖怪便座アゲッパナシだよね真冬の朝へようこそ

鍋のレシピを書いていた背中から抱きしめられて　いるか　と書きぬ

全身があなたを眩しがっている　きん・にく・つう・よ・永・遠・な・れ

なんにも挟まずに本を閉じている凄く怒ってる透きとおってる

目をあけてみていたゆめに鳥の声流れこみ旅先のような朝

るるるっとおちんちんから顔離す　火星の一軒家に雨がふる

ごはんって心で食べるものでしょう？　春風として助手席にのる

県、　てどういう感じかついにわからない夜明けの光で足洗いおり

ユー　ア　ユー　ア　ラッキ　ラッキ　ボーイ……
ユーア　ベリ　ラッキ　ィ　ボ　イ
ラッキー　ボーイ　ユ　アアァ
ソ　ラッキー
ユーア　ベリ　ラッキィ　ボーイ……

うれしくて、言葉にならない。
言葉にならないけど、歌ならうたうことができた。

5. ア・スネイル・イズ・ア・ファイア

人消えて数十秒をベンチの果ては陽炎のrailのごとし

「池に落ち死す。」にすいよせられるごと傍線引けり微睡みの中

けさの舌シリアルすごいくっつくよ　かな・し・い・ひと・とは・い・た・く・なぁ・い

指なめて風よむ彼をまねすれば全方角より吹かれたる指

泣けば腰の高さに集う星ぼしに善悪の区別はつかなくて

（自転車は成長しない）わたしだけめくれあがって燃える坂道

性格が消えて心だけになって連れてくあなた良いひとだから

黎明のニュースは音を消して見るひとへわたしの百年あげる

事務員の愛のすべてが零れだすゼムクリップを拾おうとして

かたつむりって炎なんだね春雷があたしを指名するから行くね

飛んでゆきたいところがあるにちがいないひとが手わたす冷たきおつり

人類へある朝傘が降ってきてみんなとってもたいへん似合っているわ

一回もいくさに遭わなかったそのお城のことが嬉しくねむる

君の眼は茶色のうさぎ一羽ずつ閉じこめている野性の小窓

「ちんちんが揺れてたさまを思い出せ春風にさみしくなるときは」

ふられてもこんなに美しい夜で　踊ってあげる、安里屋ユンタ

だって好き　風にスカートめくられて心はひらくほかなきものを

真昼のような青い夜空だ　あの人にそうだなおっぱいをあげたいな

水飲めばうわくちびるに触れてくる小突起きっと運命のひと

傘にうつくしいかたつむりをつけてきみと地球の朝を歩めり

6. 旅芸人の記憶

「鮭だーっ、すごい、すごい、すごい、すごい」

せまい流し台を恋人の肩越しにのぞきこむと、鮭の切り身がひと切れあった。

忘れもしない、子どものころに食べたっきりのあの鮭だ。

もう絶滅したといわれた魚だ。

まな板の上によこたわる鮭の「はらす」は、包んであった紙を染めるほどのオレンジ色をあふれさせていた。

わたしは手をのばしてそのつめたい肉にふれた。指先にオレンジ色の脂がついた。

ほんとうにとくべつな魚だ、鮭は。

ほかにこんな魚を知らない。

クリトリスほどのゆめありベランダで麻のバッグをがしがし洗う

老ウサギ放尿の快感おぼえここでさらばという顔をする

製氷皿にとうとうと水わが心しらない人についてっちゃだめ

ひとを一から好きになること自販機になった田舎の商店のこと

水底で心当たりのある愛がわかさぎ釣りを見上げるだろう

なんてめぐ、しずかに引越してきたのあの初々しいごみをご覧よ

行くこともない島の名を知っていてそれが心の支えだなんて

雲疾き日にめぐが来るこれから先めぐが飲む水の量を想う

世界じゅうのラーメンスープを泳ぎきりすりきれた龍おやすみなさい

科学的根拠ないことばかり言い積もった雪の上でぶたれる

髭もじゃのだるまに口づけぼろぼろになるまでわたしを使ってみたい

手紙よ、と手紙でつつかれて起きる　諸島が一つにまとまるように

体臭が年々つよくなっていくわたしをはやく見つけてほしい

すりガラスにうっすら守られた暮らし裸で野菜炒めをつくる

玄関の鉢に五匹のめだかいてひろい範囲がゆるされている

信号が果てまでぱーっと青くなりアスリートだと思い出す夜

お隣にめぐ越してきてこのへんはふらんすになる予言をしたり

しろがねの形見のマウス受けとれば石が呼吸をしているごとし

どこでそんな服をみつけてくるのだろうこのひとにわたしをぶつけよう

うれいなくたのしく生きよ娘たち熊銀行に鮭をあずけて

牛たべて喉のあたりがけものくさい今夜満天の星を抱きたい

あかいレゴブロックひとつ手にのせて想うは二人用の棺おけ

なめらかにちんちんの位置なおした手あなたの過去のすべてがあなた

セックスをするたび水に沈む町があるんだ君はわからなくても

劫初から雨が降りつづける星をみんなの代わりにゆくかたつむり

あおむけに靴紐むすび起きるとき昔旅芸人だった気がした

ピアノの中には天の川が流れている
二人はピアノの中に横たわり　内側から屋根を閉じた

7. 22:22（ni-ni-ni-ni）

けんかして泣いてるとこと座のベガの六時にかかる曲が流れた

蜘蛛だけが友達だったときがある。愛し合うと思い出しそうになる

鮭の皮　知らない海に触れてきた皮食べるとき目にしずむ石

けものさえ踏んだことのない原野が息づいている羊羹の中

おいしいの苦い光がおいしいのめだかは空にえさをまかれて

この部屋に優しく用意された窓　星がきれいと呼ばれてゆけば

枕辺の本にしおりが二枚あり君はすすんでるほうのしおり

パソコンをつけるの？　きっとＵＦＯのことでもちきり　辛いだけだよ

7. 22:22 (ni-ni-ni-ni)

明け方にパンと小さくつぶやけばパンが食べたいのかときかれる

雪かきをだれがするかで殴りあう春には消える雪のことで

胸にわたし背中に妹をくくり父はなんて胴のながい天使

手を洗いすぎぬようにね愛してたからねそれだけは確かだからね

いっしんにお守りにぎりしめて寝る　お守り浮いてわたしはしずむ

歩道橋にのぼってさけべ願いごとは轟音に溶けこませたら叶う

電話きてどきんとゆれた心臓が壁画の劣化すすめてしまう

ヨガをする男の横で試してたくしゃみで星も震えることを

おはじきを水に入れたらおはじき水　ふたつの姓のあいだで遊ぶ

雪の日も小窓を開けてこのひとと光をゆでる暮らしをします

その名前口にするときわたしにはまだ使えない呪文のようだ

小さい林で小林ですというときの白樺林にふみこむ気持ち

硬貨舞うバスの床みて不可思議なちからが目覚めそうな感じに
おとなりの若い父親が練習するショパンでわたしたちは踊った
また仕事やめたいという鳥の力で空を飛んだ人の末裔は
わたしにまったく似ていないのが美しいあなたは星を包むフェルト

夫のことわたしが消えてしまってもほめつづけてね赤いラジオ

12:34とか22:22をひろいあつめて生きてゆきたい

あそこはもう荒れるってさ。と声がして雨やどりから出られなくなる

寝顔みているとふしぎに音がない。来たくて来た場所はいつも静か

熱帯魚屋の帰りみちみちのすべてが何を買ったとたずねてきます

公園の音割れラジオのじいさんにたずねてみたい長い愛のこと

うなりしか聞こえぬラジオたずさえて未踏の世界にはいる老人

パンをまく老人に鴨むらがって日の当たらない玄関のよう

公園は変わった人によく出会う前世も来世もキノコのような

ながいながい手当てはじまる僕たちが眠ったあとは星が引き受ける

ふたりだと職務質問されないね危険なつがいかもしれないのに

カステラの一本ずつに雷をしずめて通りすぎるあまぐも

かおになんか塗ってきたのか。塗りました。油と花粉をすこしばかり
かまきりを歩道の端に誘導しまだ午前中というよろこび

8. バーベルを挙げれば

C おれの心は　G きれいじゃないなんて Am

Am わたしの　C 愛するひとを　G そんなふうにいう Am

Em

君がもう眼鏡いらなくなるようにいつか何かにおれはなります

昔いた人の消しのこした夢がわたしたちかもしれんね　いいね

あけび色のトレーナー着て行かないで事故に遭うひとみたいにみえる

主婦状のいきものになりゆくわたし　無数の糸みみずでできてる

はったい粉かきわけかきわけなつかしい死人や未来の夫をさがす

犬ぞりに乗ったら犬に気をつかいながら泣かずにおれないだろう

泣いているわたしはとくに重いとか　抱いてスクワットをする夫

カーテンから首だけだして空を見る　交換可能な月とあたまだ

葉桜の下で唇むきやめぬわたしにもＩＱってあるのか

窓からの光しろくて昼の風呂生まれたことが少し悲しい

ぜんぶ忘れて似合う服を着ていたい次にあなたの前に立つとき

新しい遊びができあがるように海にうず潮産まれるだろう

体には心そそがれボタン押すゆびのさきまで心は満ちる

バーベルを挙げれば星に一人きり　ずっとくちづけを待っていたの

大家さんのブルーベリーが食べごろよわれわれは今かぎりの星座

かごいっぱいマンゴー買ってみたかった　野心に夏を凍えてすごす

なでられて頭の二十二個の骨ふしぎだふしぎだとさざめけり

あの人と最も小さなものになり輝く管を流れてみたい

聴診器ひやりと胸に吸いつけばつながっている母、祖母、曾祖母

雨粒が降り抜けてゆく目の粗いわたしを君が見つけてくれる

9. 吹けばとぶもの

きらきらの夜の道
あたしたちは小さくて弱い

生きてたら何でもできるっていって。
あなたがそうおもえるまで
あたしが二人分そうおもってるからいい
信じて。

おいで蜂　至らぬところあるならば刺して教えるおまえとおもう

ビッグイシュー見ると吸い寄せられてゆくわたしはどこの誰なんだろう

夕焼けがわたしを倒し渡ってく倒れて町の一部となりぬ

きょうもまた暮らせたことを樹氷からぱきりともいだ冷凍うどん

焦げたのはほかより夢が多かったややいさみあしのクッキーでした

寒い部屋でぼんやりしてるあのひとはおふだ貼られた妖怪のよう

うちで一番いいお茶飲んでおしっこして暖かくして面接ゆきな

山菜を分けるひろげた新聞にさがしてもないわたしの旧姓

赤こごみこれは昔の家のかぎ　いま食べものとなって出会えり

あいこ・うど・しどけ・たらのめ・こしあぶら・生きるしかない味がしました

大柄でどこか儚き妹がドレッシングを分けにくる朝

鏡台の奥のコールドクリームに母は遥かなかがやきを飼う

クリーニング組合で義父ただひとり電飾巻いた桜かなしむ

葉がのびて日に日に写真立てを押す　昔いじめた人元気かな

ほんとうに熱そうに焼けるねするめ　わたしを通って遠くへおゆき

「しないならゆびわもらっていきますよ」角に指環がすずなりの鹿

面接へゆかず海まで六時間歩いたという　その海を想う

一番の友が夫であることの物陰のない道を帰りぬ

蓋とれば相談にのりますという顔をしている春のぬか床

ホットケーキ持たせて夫送りだすホットケーキは涙が拭ける

入籍をすませた町の夕映えにすすんで二人巻き込まれゆく

傘もって走るわたしと待つきみの吹けばとばされそうな夫婦だ

どの家を覗いたのだろうはだ色の守宮ひっくり返っていたり

はつなつの風おとなりは息子たち声変わるまで住んでいますか

とりこんだ布団のうえに寝てしまう　父母《ちちはは》わたしから生まれなよ

仏壇の蜂蜜白しばあちゃんは寝たままで風になる準備を

角膜のなかには雪が降るという画家になるしかないいもうとよ

目をとじてビッグイシューを掲げれば岬で風をよむ魔女になる

長生きをした父さんといつの日か南の島で迷子になりたい

サイダーの気泡しらしら立ちのぼり静かに日々を讃えつづける

10. おおいなる梅干し

あたしたちの洗濯機（虹号）は　こわれていて
水を出すと噴水のようになります
なので
いつのまにか洗濯機のまわりは
なめくじ・かたつむり・とかげなど
水がかかることがすきな生きものがあつまります

硝子戸にぶつかる燕　忽ちにインクにもどりそうなつばめよ

おおいなる梅干し知り合いがみんな入っているとおもって舐める

のびすぎた菜の花を摘むアルバイトわが怪物が悦んでする

よく笑う女になったけつあごのような苺をまたもみつけた

見えますか食べものを出しっぱなしのテーブルあれが北海道です

両親よ何も怖れず生きなさいニューヨークビッグパフェをおごるわ

流水の底にきゅうりはゆらめきぬ染色体のダンスのように

苦しげに水を漏らしている機械抱きたい夏の入り組む道で

いまよりも無力な日々をおもいだすじぶんの腕を枕にすれば

道に寝るあのおじさんの中にある三百何個の経穴《つぼ》を想えり

黒飴を噛んではやく幸せにしてくれと叫んだひとの裸が見えた

海に雨ふる共食いを見たあとで平気な顔をして会いにゆく

蚊を打てば残れる煤のごときものこの世は出口と入口だらけ

その斑七月ぎんと鮮やかにして蚊はみんな自営業なり

スカートにたららららっと蟬の尿　うちには変な決まりがあった

わたしたち依りしろのよう花火へと向かう人らに心あかるむ

人間は卵を産むといいすてて消えたかったよ夏の面接

この感じを　心配とよぶのだろうか住みなれた町をころがる心

夕立に逃げ出すなにもかもよみな実りゆたかな旅をしなさい

あまい、というとき喉を絞めてくる銀河よだからメロンはむせる

水の音きくとおしっこしたくなる本能まもりぬいてきました

真夜中の台風は兄　やさしい兄　わたしをランドマークと呼んだ

誰からも気づかれぬゆえ遠くまで光を放つ計画のあり

みひらきいっぱい海のページを胸に伏せ養子をもらうじぶんが見える

手ほどきをうけて初めていちじくを食べたおそらくこうもりの目で

11. 戦士だった

電話ボックスって透明でしょう？　今朝は牛乳の詰まった牛乳ビンみたいに白くて、中が見えない。ドアは開いていて、中から白いものがもくもくとはみ出している。近づくと羽毛のかたまりだとわかった。大量の羽毛がぎゅうぎゅうに詰まってるんだ。何だ、これは。中からくぐもった声が聞こえ、羽毛のかたまりが動いたと思うと、中からごっそりと、それは出てきた。天使だ。

むくむ手の指を一本ずつしごきこんなふうにして星光らせた

ジャケットは観音びらき風の中　おかねをもたせてあげたいのです

妖精の枢に今年はじめての霜が降りた、という名のケーキ

北風はほんとうに来てこの窓へ電車の音を運んでみせた

駅前でただ感じてる人になる薄口醤油の大びん抱いて

たちまちに曇って電話ボックスは必死なときのわたしを隠す

雪よ　わたしがすることは運命がわたしにするのかもしれぬこと

冷や飯につめたい卵かけて食べ子どもと呼ばれる戦士であった

発泡スチロールの箱が手に入らなかった友を朝まで守る

夜更かしと早起きのあわいを走る豆腐の色の犬つかまるな

ヨーグルトの匙をくわえて朝の窓ひらけば百億円を感じる

とてもよい絵を描く女ともだちを守れる長い盾になりたい

頭から足のさきまで雨に濡れしずかに聞こえだす曲がある

玄関にあなたがいます戦争にこれからゆくの？　帰ってきたの？

ずぶ濡れを悪いこととは思わない街が濡れればおれも濡れるよ

留守番は裸で伝記読みながらスティックシュガーしゃぶるひととき

いっしんに人形たちを裸にしそこから月の時間で遊ぶ

盲目の歯科医のように夕闇を小さな小さな者らと遊ぶ

流し台のにぶい光は海に似て数えきれない他者の親切

ばあちゃんは屑籠にごみ放るのがうまかった（ばあちゃん期II期まで）

いま少し正気になって父がいう団子は横に引いて食べろと

夕闇に子どもだけしかいない日のわさびつけたら暴れたさしみ

ひさびさにピアスねじこむ耳たぶの熱さの中のいつもの神社

お隣のめぐが越してく　貸し借りをいそぐ体やいのちの本を

いまブルーベリーの森をつきぬける雨のごみ収集車は遅れて

西荻は青春でしたとめぐがいう　めぐは西荻を守ってたんだ

パン袋しっかりにぎる　川面には応じきれないほどの輝き

無口な客無口な美容師水底のサファイアを一緒に獲りにゆく

大皿を拭くハンドルをきるように拭く　世界には誘いあふれて

ボウルかかげ豆腐を入れてもらう時わたしの中に入った光

菜の花パスタは天上の地続きパスタ一緒の家に生きてうれしい

ふくらはぎむくんで重いこの夜から一番遠いあの桃を切る

12. たんぽるぽる

あなた。わたし。
おつとめごくろう様
やっぱり帰りに　朝のやつ買ってきてください
早く帰ってきてね
あ　あのね
あの雷おちた桜の木にことしは花が咲いたんですって。
じゃあね

われわれが生んだ十秒ほどのその遊びをコルコバードと名づく

あいしてよ桜　ギターを弾くときにちょっぴり口のとがる男を

風呂あがりあなたがパジャマ着るまでの時間がのびる春なのですね

目を閉じてこの身にあたるぶんだけを雨とおもえば怖くはないわ

たんぽぽがたんぽるぽるになったよう姓が変わったあとの世界は

抜きたての親知らず手に温かく微震の歯科医院にやすらう

干しえびの袋にたまる海老の目よ人間だけが花を見にゆく

水滴を顔に光らせ切実な情報として触れあうわれら

チョコバーが抜け出たあとの包み紙故郷の花に似ていて拾う

ホクレンのマーク、あの木が風にゆれ子どもの頃からずっと眠たい

あるときはお酒に強くあるときは弱くてひとは自由なのです

あられもなく油をすって茄子はいまはっきり満たす側に回った

嬉しくて風を殴った嬉しくてもう痩せたいとおもうことなく

あかつきの君は洗濯機に告げる「おまえは六回ピーという！」と

変人と思われながら生きてゆく自転車ギヤは一番軽く

別れてきた人びとの中の美しさのように今日の星は輝く

スーパーでひっくり返って泣く人よあなたの中で真珠は育つ

冷え症の足をさすって物語る性器の宇宙でのあたたかさ

妹の混じる「友だち」カテゴリをきらめくホタルイカが横切る

ご馳走のお礼に歌う　胃のなかの海老とわたしのほのおをうたう

シュレッダーごみ復元のプロたちの息吹を想う抱擁の中

蒟蒻を濁らせているなつかしい風をちぎって小鍋に落とす

包丁を持てば船ゆうれいのごと手を伸ばしくる並行宇宙

たんぽぽの綿毛を吹けばごっそりと欠けて地球の居心地に酔う

捨てられた獣は月へ泳ぎつき人は汚れるなんてできない

痣売りや石並べ屋が繁盛する火星がなつかしいね　くわがた

はやく何か建てばいいって言われてる空き地を月が歩いているよ

手のなかで軋むデラウェアあの人の深層筋を吹きわたる風

跋文——非定型の星のひとりフェス

松川洋子

私が小林真実（雪舟えま）に逢ったのは十五年前彼女が北海道新聞（道新）の「日曜文芸欄」に投稿してきた日である。

君の眼は茶色のうさぎ一羽ずつ閉じこめている野性の小窓

若草色のシュールレアリスム、初投稿のこの作を一席にしてそんな講評を書いた。彼女は二十一歳で藤女子大の学生だった。十代、二十代の投稿者の多い中でも彼女の作は異質だった。

吃音とひとみしりには御容赦を吾は半分けだものにつき
少しだけ笑ってくれたエイリアン月と電信柱の間で

独房に一条差す冬の朝日はトイレ文庫のリルケのために

その頃の作である。初々しい風切羽の間からアイスグリーンの空を透かせるようなこれらを私はうきうきして採り「大型新人の登場」とも書いた。

現身の真実と逢ったのは数カ月あと、若い子らとの昼食会のホテルで。すらりとした無翼天使はスパゲッティを天の食のようにほそほそと口に運びながら、フォークを落した私に放った一声が「かわいい」であった。思い出すと今もぞくりとくる。

その後、北大生だった田村元君らと教室に通って来たが彼女の体のまわりにはかなり強いバリアがあって、それは無機質の板になったり、ふいにやわらかな領巾になったりする。長い脚を伸ばして地球で一休みしている感じ。傍らの人が言う、「又どこかに行ってますね」。彼女はそんな時、隠しポケットから可変翼を出し、不条理な夢を仕入れに異界に行っていたに違いない。

ルピナスの爪の中レンズ雲浮かぶＤＮＡよこれはいつの空

異星人ぽい彼女を書いてきたが彼女にはきっぱりした二極性があり変り身が迅い。一休みもするが結構地上で楽しんでいて、卒業後アルバイトをしていたNHKの上司を引っ張り出して札幌の繁華街、4プラ前で映像詩を共演したり、友人と古い倉庫風のギャラリーを借りて、詩、歌、アートのイベントをやったり、上京してからも色々と積極的に楽しんでいるようだ。

千年もたった気がしてベンチ立つジーパンの穴ひろがっている
ジャングルのみんなも聞いてやけるよなこの声変わりの最初の声を

彼女が急に上京する事になったのは一九九九年の夏、道新投稿の若い子らの作品の散逸が惜しく、彼女や田村元、荒井直子らと同人誌発行の準備をしていた時だった。きりのいい二〇〇〇年一月の発行のため先ず印刷所を押さえようと田村君と三人で廻った日、真実はショートの髪にピンクの鳥の羽をひらひらさせて北広島の大曲から数十キロをチャリで奔って来た。かっこいいから印刷所の小父さん達が奥から出て来た。

彼女はなかなかのお洒落さん。「太郎と花子」創刊号の歌合わせの時には真っ赤な浴衣に黄色の帯で現れて「おう」と男の子達が反応した。

田村君の「歌壇賞」の時は長い髪を金茶色にして赤の天鵞絨のミニドレスで花束贈呈を

してくれた。翌日、あまり行かない所をと案内してくれた東京タワーのガラスの床で「まみモンロー」はきれいな肢をひらいた。

さて、何でも書いて下さいと言われておしゃべりが過ぎたろうか。

上京してからの彼女は、「かばん」の優秀な先輩ややさしいお仲間に恵まれてほんとうに良かったと思う。新人特集の時は私も書かせて頂いた。有り難かった。作品はこちらにいた時からみるとどんどん変って、いつか前号評で「ストリート・ファッションぽい感覚のやんちゃぶり」とどなたかが書いていた。

絡めとれ　光りあうくるぶし地上十二cmの発情電波

自分の尾追いはじめた恋の果てには虎のバターになるしかないさ

開襟の鎖骨はキャラメル色をして君知るやこの慌てる舌を

彼女はやんちゃな蜜蜂でハニカム構造の小部屋を沢山持っていて気の向くままちろちろと夢と夢にならなかったものを舐めて遊ぶ。飽きた部屋は蜜蠟で一寸封印して次に移る。そしていつか閉じた部屋の封印を剝がしてそれらが発酵しているかどうか覗いてみる。この歌集『たんぽるぽる』はそのあらためのものだろう。

彼女が「雪舟えま」になったのは平成十二年。その時の手紙があって『ゆきふね』と読みます。せっしゅうと読む方が渋いかとも？　思ったのですが語感が…」とある。それは「ゆきふね」の方がよかったよ真実ちゃん。

私にとって「雪舟えま」は「小林真実」と一卵性双生の子である。「えま」は妹、「真実」は姉。雪舟えまは今、詩も小説も俳句もエッセイも書き文芸誌に載りまた多くのイベントに関わりはなやかに活動している。

今橋愛さんとの同人誌「snell」の終刊号に、真実は私のことをこう書いている。「若いころのわたしは、いまよりももっとロボット（先生いわく異星人）感がむき出しだったはずなのに、そんなわたしを先生はおおきなおおきな、銀河の腕で包んで下さり、いままで一度も怒られたことがない。とっくの昔から、この子は『ひとりフェス』だから、と許してくださっていたんだとおもう」とあって……泣かせるなよ、真実ちゃん。

無定型と非定型は全く違う。非定型は「おのずから」のものである。「おのずから」を貫く表現者になって下さい。

あとがき　二〇一〇年の暮らし

飼っている兎の「にんに」が年をとって、こまやかな世話が必要になり、会社を辞めたのが二〇〇八年。それからわたしの毎日は、兎の世話にはじまり、兎の世話におわる。今、にんには十三歳。人間でいえば百歳くらいのお爺ちゃんで、一日のほとんどを部屋のすみで寝ている。

「にんには可愛い皆勤賞。一日も可愛いをさぼったことないね」

「いい子だ、いい子だ、にこちゃんは」（「にこ」はにんにの本名です）

「にこよ、にこよ」

と唄いながら、兎を抱いて歩き、ほかの部屋を見せてまわる。

にんにを膝で眠らせ、原稿を書いたりパソコンで遊んだりしてるうちに、いつのまにか日は暮れてゆく。

夜はだんなさんとお菓子を食べる。このひとときを「ほっぺ」と呼んでいる。

「冷蔵庫みた？　きょうのほっぺはすごいよ」と、お風呂からあがっただんなさんに、おやつの時間が待ちきれなくて呼びかける。目を閉じてもらって、冷蔵庫からカステラの長い箱を出し、その両手に載せる。「目あけてご覧」「カステラだ！」「食べよう」「あとで食べよう。先にご飯だよ」

大人になったら、すきな人と暮らして、すきなだけお菓子を食べて暮らしたいとおもっていた。その夢を今生きている。

二〇一〇年に入ってミュージシャンの方たちとご縁が増え、ライブで朗読したり、歌ったりということが続いている。そして初めての歌集が生まれようとしている。わたしの地味な人生の中で、今ほどたくさんの人と関わり、多くの物事が動いている時はなかったのに、今ほど心穏やかな時もない。机の前で黒い兎を抱きながら、台風の目の中にいるような気がする。こんにちは、生老病死。お手本のないわたしたちの暮らしは、毎日無事にあることが奇跡で、一年後も同じように続いているかまるでわからない。半年後でさえ霧の中だけど、ここにはすべてがあり、とても静かだ。

＊

『たんぽるぽる』は、わたしの所属する歌誌「かばん」の創刊二十五周年企画、「かばんブックス」の二冊めとして刊行されました。一九九六年～二〇一〇年の作品から選んだ三二二首を収めています。歌の並びは、ほぼ編年体です。

この本をつくるにあたり、足かけ二年以上励ましつづけてくれたかばんブックス委員会の皆さんには、にわかには感謝の言葉も見つけられません。短歌研究社の堀山和子さんはこちらの事情をいろいろとくんで下さり、さまざまのご配慮をいただきました。加藤治郎さんはお忙しい中、原稿にアドバイスを下さいました。

「かばん」の素敵な先輩、東直子さんには帯文を、北海道新聞の選歌欄で初めてわたしを見つけて下さった松川洋子先生からは、跋文をいただきました。妹の小林雪のには可愛く元気なイラストをもらい、お友だちの名久井直子さんには装幀をお任せすることができました。

どの方も、あるときは遠く気配で、あるときは近く手渡しで、存在の輝きを伝えてくれる美しい星のような人たちです。これまでわたしを住まわせてくれた札幌市と北広島市、杉並区、もっとも近いところで日々をともにするだんなさんと兎のにんに、そしてこの本を望んで下さったすべての方へ、心からの感謝を捧げます。

二〇一一年一月七日　にんにを抱きながら

雪舟えま

地球の恋人たちの朝食（抄）

地球の恋人たちの朝食

リーリーリーリーリーリー
リーリーリーリーリーリー
(虫が　鳴いて　るわ)

10月7日
地球を旅立つ日　船内にひとつだけ持ちこめるリュックに想いでの品をつめていると　ナビゲーターのヴァニラウエハーが音もなくあたしの部屋に実体化した
「用意はできた?」ヴァニラウエハーがきいた
あたしが地球から持ち出す想いでの品はつぎのとおりだ
①親・妹・黒ウサギ・桐壺の写真　②桐壺がくれた指環　③黒ウサギの骨壺（骨を粉末にしたもの入り）　④あたしと桐壺の愛した紅茶の葉（五〇〇グラム）

「これだけ!?」ヴァニラウエハーはとてもおどろいた
毎年　あたしのように何人かが地球を出てゆくけど　だれもが地球から持ちだす品をきめられなくてたいへんだという
想いでの本　想いでのレコード　想いでのドレス　想いでのアルバム　想いでの宝石　想いでの人形　想いでの手紙　想いでの食べ物　想いでの　想いでの　想いでのうつくしいものたち
〈自分の背中の幅よりはみだしてはいけない〉決まりの　小さなリュックにつめこむ品を泣きながらえらぶとき　あたしたちはこんなにも地球が可愛ゆいものだったと思い知る
黎明のひととき　あたしはヴァニラウエハーに写真をみせて家族の紹介をした　小さな骨壺をみせて　むかし飼っていた黒ウサギの灰をなめさせてあげた
どんなにいい家族だったか　どんなに可愛ウサギだったかを　いわずにいられなくて　最高だったの最高だったのとくりかえした
さいごにヴァニラウエハーは紅茶の壜に目をとめた
「すきだったのね?」

「若いこころのあたしと桐壺が大すきだった紅茶なの　あたしがブレンドしたの　青い花入ってるの」

「何ていう名前？」

「地球の恋人たちの朝食っていうの」

ふぁん　ふぁん　ふぁん　ふぁんふぁんふぁん……

「来たわ」ヴァニラウエハーはいった
ついに　ゆくときがきたのだ
「船の中で　飲ませてくれる？」
「飲ませてあげる」あたしは意思と無関係にそう答えていた
あたまが真っ白のあたしと　冷静にベランダへ船を誘導するヴァニラウエハー
ああやっぱりヴァニラウエハーは　数えきれないほどの地球人の地球脱出を助けてきたプロのナビゲーターなのだ　そしてあたしはこの星を出るのは初めてなのだ　と　おもった
あたしはリュックを背負うことができず胸に抱きしめて船に乗った

虹号

あたしたちの洗濯機（虹号）はこわれていて　水を出すと噴水のようになります
なので
いつのまにか洗濯機のまわりは　なめくじ・かたつむり・とかげ　など水がかかることがすきな生きものがあつまります

「なめくじに塩かけたい」ゆゆはいった　ゆゆはあたしの妹です
「OK」あたしはいった「飛んで逃げたりしないから落ちついてかけなさい　なめくじに塩をのっけるように」
「はい」ゆゆは塩の壺（サフラン色）をもってきて　壁にへばりついているなめくじに粗塩をのせた　なめくじはすごく動いた　音がするかとおもって耳を澄ませたけど音はしなかった
なめくじは壁からはがれて洗濯機の裏側に落ちた

「落ちやがった」
「さいごまでみれねーじゃんか」
「さいごまでみれねーじゃんか」

なめくじをみつける前　ゆゆがあんみつ食べたいといってたのをおもいだして
まだあんみつたべたいか訊いたら　わからないと答えた

炎の事務

あいにいくの
ほっぺにしろい修正液をつけたまま
炎の事務
炎のハイソックス
炎の靴

おおきなおおきな　約束を
宇宙とひとつかわしているから
たいていのことには笑って
右手にペン二本もって書類さばいて
ゼムクリップひろいも　トイレそうじも好き
佐川急便の青年にあだなをつけたり

地球の恋人たちの朝食（抄）

手足ばらばらのハワイアンドールの絵を
いきなりかいてパートのおばさん驚かせた
ラムちゃんがなぜ鬼かとつぜん理解して
三和銀行に一〇〇万えんもってくとちゅうで
涙がとまらなくなったの
泣いてかえってきたから
わたしがおかねをおとしてきたのかと
みんなおもったそうです

金ようびは　のみ会をことわって
桜の下で
愛する男性の　ハンカチ　ちり紙　爪しらべをし

わたしは　なもない炎の事務
あすは別の星の風の中を　あるいてるような気がしながら

愛のあいさつ

あたしはまみっていうの　あなたはなんていうの？　桐壺ってよんでもいい？
日盛りにあなたのパパとママを見ました　ママの足は　心の中に恋があるひとの緊張感で細くてきれいでした　パパは陽気に笑っていた　あなたはあの人たちの子ども？　あなたは太陽の黒点？　あたしの黒ウサギと似てる　あの子は女神のほくろだったんです　ここはとても風の強い星ね　あたし昔　冥王星の衛星でした　まだ地球の誰にも存在を知られてなくて　名前もなくて　あたしと冥王星はほんとうに宇宙でふたりっきりだった
この星では　あなたと　アイスクリームが好き
よろしくね　あたしは　まみっていうの

幸福なときのあなたが　何に似てるか　何にも似てないか　知りたい

地球の恋人たちの朝食（抄）

アダルト・ハッピー・マンマ

「ずっと座ってただけなのに背中のポッチが痛くて　もうこのエプロンはクビ！」
と　まみは叫んだ
そのかわりおいしい冬瓜のクリーム煮ができた

「一品にこんなに時間かけてるようじゃ　まだまだだね」
と　そのようすをキッチンのすみの小さな椅子からみていた
アダルト・ハッピー・マンマ・ユミコはいった

「なんて？　きこえない」

「あたしはおとなになってから幸せになったんだよ　っていったのさ」

「違うこと言ってない？」

「もっと手早くなんなきゃいけないよ　夕飯は一品だけかい？」

「あと　トマトとほうれん草のやつだけど　あと　ゆゆ来たらパンにニンニクする」
「バアチャーン」
黒ウサギがユミコの脛にだきついた
ユミコが来てるから　きょうの黒ウサギは蝶ネクタイをしているの！

「あたしはおとなになってから幸せになったんだよ」
もっかいユミコはいった
なんだかふつうの老眼鏡が　一瞬まみどりのサングラスにみえた
「まみが子どものころ　ユミコ毎日みたく泣いてた記憶だけどなー」
「あんたたちが子どものころお母さんもまだ子どもだったの」
「じゃあいつからおとな」
「最近かなあ」
「んー」
「うちは女はおとなになってから幸せになる家系だよ」
「やめて　まみは　昔からずっとしあわせ」
「なんだかこの　ウサギに　とりとめない作り話して　あいかわらず壊れそうな人だって

いうじゃないか」

ユミコには　黒ウサギの蝶ネクタイはみえていない
「バアチャーン」もきこえない

「あいつ（ゆゆ）　ちくったね」

「この二年くらいで急に白髪も増えたし」

「ふえてないよっ　まみそんなにウサギなんかかまってないよ　こんな黒白」

「マミー！　マミー！　ノー！　ノーオー！」

これはユミコには聞こえない黒ウサギの叫び

「てゆうかちゃんとわかってるってば　自分がなにしてる　どういう者か　それで自分は
とても幸運に恵まれてるっておもうし　しあわせよ　好きなひともいるし　趣味もあるし
仕事もあるし」

黒ウサギはユミコにみえないしぐさで　泣いていた

でもユミコのほうこそ　じぶんのおしりから　太っとい銀ギツネの尻尾が
ちろちろみえ隠れしてること
気づいてないの！

オーヴァドライヴ

あたしは特異体質だとおもう
特異体質は信用に値するだろうか

希望で目がさめる
生きてるから何だってできるって
胸の中に　焼けた板があるみたいな痛みでめざめる
涙で顔がぐしゃぐしゃになってた

一泊の旅で
車窓からみえるすべてに
心がパンみたいにちぎれてくっついてしまう
家につくころには

心がこぼれきってしまって
立ってあなたに「バイバイ」って手を振るのが　やっと

素晴らしいものが
あたしたちを待ってるって
あなたが信じてくれなかったら
どうしたらいいだろう
何でもできるっていって
死んでるんじゃないなら
お願い
世界は可能性でいっぱい
世界は白い大きなテーブル
愛して　愛して
愛することをさえぎらないでほしいのです

きらきらの夜の道

地球の恋人たちの朝食（抄）

あたしたちは小さくて弱い
生きてたら何でもできるっていって
あなたがそうおもえるまで
あたしが二人分そうおもってるからいい
信じて

ミシンとめぐとわたしと布

夜めぐがミシンを借りに来て
ゆゆの部屋でミシンを貸してあげた

めぐは最近テキスタイルの仕事を始めて
サンプルの布を持ってきてくれる
廃番の型の布とか
マイナスイオンを練りこんだ布とか

そしてめぐは学校で作っためぐの布で大きなハンカチを縫う
めぐの作った布はすごく可愛い
ドクロと土星とキャンディと　筆記体の「ｌｏｖｅ！」と　イニシャルの「Ｍ」が
散らばってるデザイン

いつかめぐやゆゆのデザインした布でわたしが何か縫う、なんてこともあるのかな？　と
いってはしゃぐ

そして一〇〇円ショップで買った星型の画びょうをくれた

めぐはどちらかといえばゆゆの友達だから
わたしとめぐが二人だけでいるときには理由がある。
学校（少し前にわたしとめぐは同じ講座に通っていた）とか
一緒にご飯を作ってゆゆを待つとか
誕生日とか
内藤ルネを囲む会とか
ヨーグルトの種菌をあげるとか
迷いこんだノコギリクワガタを神社に放しに行くとか
はとバスツアーとか

ミシンを貸すとか
布をあげるとか

めぐといる時わたしはこの距離感を楽しんでいることに気づいた

なんだろう
この感じが好きなのは
なんでだろう

めぐといると
空間上ではとなりどうしなのに
別べつの星座に入れられてしまった星みたいな気がする

妹の友達との距離感を楽しむなんて
地球上で人間だけの感覚だろうなとおもった

わたしは冷蔵庫に貼っているメモやマグネットの由来を訊かれるままに説明した

夜中、玄関前の階段をトトトトと登る音がして
ドアの郵便受けに何かがゴソっと入れられる
めぐとゆゆの交換日記のスケッチブック

「交換日記きてるよ」
スケッチブックをゆゆの部屋に持っていく
（マグカップとティーポットとスケッチブックで両手がふさがってるので
口で「コンコン」とノックを言う）
「あーんありがとう」

少し前に恋人とわかれためぐ
めぐにふさわしい男の子はいつあらわれるだろうとか
わたしとゆゆは噂をする

近くて遠いめぐの噂を。

地球の恋人たちの朝食（抄）

ガラスの車

会社のポットのところでお茶いれてたら
Cがふっと首をのばして
「小林さんうちの旦那の若いときの写真みる？」

「えー　みるみる」

Cはバッグから小さなアルバムをとりだして　色あせた写真をみせた。

「わー　旦那さんの写真いつも持ち歩いてるんだ？」

「まさか！　きょうたまたま知り合いが使うっていうから持ってきたの」

「へー」

なにか、岩か　がれきの山のようなもののてっぺんで　しゃがんで
なにか、口もとに手を当てている天然パーマのもじゃもじゃの
やせた男の人がいた。

松田優作みたいだ。

「これ、何してるの?」
「みかん食べてるの」
「これ、どこ?」
「北海道」

Cは笑った。

次の写真は若いCと旦那さんが
札幌の時計台前で並んでいたり
美瑛あたりのきれいな田園風景のなかにいた。

「新婚旅行は北海道だったの」

その次の写真をみたときあたしは息がとまりそうになった。

Cは四十代なかばくらいで
はじめてみたとき顔が栗本薫に似てるなあとなんとなくおもっていた。
特別な印象はなくて
どこからどうみても　どこにでもいそうな普通のひととおもっていた。

旦那さんが写したという写真のCは
ホテルのバルコニーでものすごく若くてものすごく幸せそうで
白い透かし編みのサマーセーターを着た
くるくるの天然パーマの　若いCの立てたひとさし指の先には
とんぼが止まっていて

その笑っているようにも　眩しそうにもみえるふくざつな　こわれそうな微笑ののった顔は
透明な炎につつまれているみたいにみえた。

「今の小林さんより若いんじゃないかな」

おだやかにCはいった。

背景には遠すぎて緑のグラデーションにしかみえない北海道の森があった。

その写真をみたとたん
青春があたしの頭上にガラスの車みたいに降ってきた。

涙が出そうになったのであたしはわざと明るい声を出して何か、　おちゃらけたことをいった。

だってその女性がもっとも幸せで透明な炎に包まれてさえいたときの写真をみて
涙が出ないなんてことある?

あたしは他人の青春や夢に感染しやすく
すぐ泣く。
あまりにも美しく貴いものを
この世でただひとつ価値のあることを
その人がおしげもなく見せてしまうので
その素晴らしさといたましさに同時にうたれて
あたしは瞬間的に混乱におちいり
他人の青春を自分の青春よりも大事におもうような錯覚におちいり
他人の夢を自分の夢よりも大事におもうような錯覚におちいり
見なければよかったと一瞬だけ感じる。

目をひらくとまだ美しい写真がそこにあり
Cは　うふふ、と笑ってアルバムをとじた。

旦那さんとの三十センチちかくある身長差を話すのが少し嬉しそうだった。
あたしは完全に砕けて
急須を持つ手がふるえそうなのをごまかしてお茶をいれた。

地球の恋人たちの朝食（抄）

林檎と泥

おかあさん　こいびとは林檎のにおいが　してね　りんごをたべたからなんだけど
ごめん　おかあさんも妹も知ってる人だれもいないとこにあたしはときどき　ゆく　なんにももたないで
だからわすれものしないし　そこへいった証拠はなにものこらない
かみさまかれは　泥のにおいがします　はい色の泥からおきあがってきたんだとおもいます
ずっと動きの止まっていたせつない水のけはい
体にいっぱいつるくさの巻きついたひと。
まつげの1ぽん1ぽんが小枝ほどもあるそのひとつしかない大きな目にはあたしが映っている

びっくりするほどやさしい声とやさしいわざをもっていてね
あたしじぶんがとてもつめたい心のもちぬしなので
つめたい人の心の動きはよくわかる
つめたい人はふつうの人にみえる
あたしには優しい人ほどモンスターにみえる
モンスターは小さい声であたしのことを愛しているといった

初めてあたしの裸をみたとき　細い　とかれはいって
それから視界の隅に美しく飾った象や　一角獣や青い鹿　しっぽの長い赤い鳥が
うろつくようになったのです
それらの獣はたしかにあたしの黒目が右を向いているときは左隅にいるのに

さっと左に目を向けると消えているとゆうぐあいです

この世でいちばんうれしいことばは
可愛

これは　愛ス可シ。　とゆう意味で
可愛とゆうことばは無限の可能性を秘めており

この世でいちばんうれしいことは
可愛がられること
可愛がられるという体験は

死んだばしょも芽をだす

モンスターと夜景

新宿の夜景がいちばんきれいにみえると信じる場所へ
深夜　恋人つれてったあたしは
駅を出て　あまりの変わりようにがくぜんとした
線路の工事中で　あたりのようすはまったくちがい
手がかりになるお店も消えてわからなくなり

ビール二つ買い　かわりばんこに飲みながら
とりあえず分かれ道にきたら　上り坂のほうえらんで歩き
いつかこのあたりでいちばんの高台へつくだろうとおもった

甘かった。

どんどん道は細くなり
家いえは高嶺の花のように素敵によそよそしく
もうきょうはたどりつけないかもしれないとあきらめかけたとき
恋人はふと　とおりかかった四階建てのアパートを指して
「ここのぼってみる?」
と　ゆった

無言であたしはちからづよくうなづいた

ならぶドアの前面に階段があって　屋上までかんたんに外からのぼれるアパートだった
あたしたちは他人の部屋の　可愛い表札　窓　みどりのドアから聞こえてくる　水を流す
音や　料理のにおいや　テレビの音　お風呂のにおいの　平和な生活をすりぬけて　どろ
ぼうのように息をころして階段のぼった

ああ
たった四階ぶんなのに　ぐんと夜空が近くなる　どうだろう？　この自由！

いちばんてっぺんの　角部屋のドアの前まできたとき
新宿の美しい夜景にあたしたちは目をみあわせた
あたしは興奮をかくせなかった

ここではまだすこし低すぎて
あたしがつれて行こうとしていた場所にはとてもかなわないが

それでもビールを恋人にあずけ
コンクリのふちに足をかけて両手で柵をつかんで　うんと伸びをすれば
夜景の上のほうはみえた

恋人をふりむくと
恋人はあたしをみていた
恋人はうれしそうにあたしをみていた

そのときは夜景に興奮してて　おもわなかったが
あとから恋人のそのときの顔をおもいだすと
どうしてあの人はあたしの顔をみるときあんなにうれしそうになるんだろうとおもうと
ぶるっと　震えた

あたしはコンクリのふちからおりて一度だけ恋人をだきしめて
またふちにのぼって柵から身をのりだして夜景をみた
下をみると地面が遠かったが　ふだんなら怖いのにいまは怖くなかった
落ちるなら落ちてもよかった

東京の美しさは
こんなにきらきらして　こんなに光ってるのに　みんな死んじゃいそうなところだ

あたしは新宿はきらいだけど　新宿がとても美しいとみとめないわけにいかない
まわりのアパートやマンションは　ほとんどまだ明かりがついていた

「このあたりのひとは　夜いつもこんな景色がみれるの?」
あたしはいった
「そうだね」
恋人はいった

ここは他人の家のドアの前なので　ほとんど息しか出てないくらい声をひそめていた

夜風が　ずっと持ち歩いてたギネスビールみたいにぬるい
首をおもいきり左右にねじって
見渡せるかぎりの夜をみつめた

地球の恋人たちの朝食（抄）

いま素晴らしいものはみんなここにあるよ
ここで生まれたいくらいここがすき！

そのドアからは
すぐ前にあたしたちが立って　並んで背伸びしていると知らず
休日の夜の　おだやかな生活の音がしていた

おまえを愛するよ。
こんなに美しい瞬間にそばにいるおまえを愛するよ。

ゴーレムもフランケンシュタインも　透明人間もヴァンパイアも狼男も
みんな夜景が大すきなのよ

魔物はギネスビールの飲み残しを闇の中に置いて　ほんとうに満足だったよ

青い蟹

父とは小学六年まで　ふとんをならべていっしょにねてたから
親ばなれが遅いほうだったかもしれない
夜　いびきをたててねむる父のほうをみると　ふとんの胸のあたりがもりあがっている
こわくなり　おきあがって父のふとんをめくると　胸のうえで手をくんでいる
指をいっぽんいっぽんほぐして　ほどこうとするけど
ねむる大人の男の手というのはほんとうにしっかりと　蟹のように固くくみあわされてい
て
子どもではどうしても　ちからまかせに引っぱることになってしまう

父はうるさそうに目をあけ

——ああ?　なに?

——手えくんじゃだめ。

——え?

——手えくむのはしんだひとのねかただよ。

父は　ああ、とひくく喉の奥でこたえた　そして、　わかった、というように両腕を体の横におろし　またすぐいびきの音をたてはじめる

それをみてわたしはようやく安心してねむれた

父や母が胸のうえで手をくんでねむるのをみるのがいやだった

しんだ人とおなじかっこうでねていると
そのまま二度と目覚めないような気がした

父は　いびきをかいてるときは安心だった
しずかにねむってるときは　しんでるんじゃないかと
夜中になんど鼻先に耳をちかづけて呼吸をたしかめたかわからない

子どもは　ほんとうに世界じゅうのなによりも親のことがすきで　大すきで　胸がはりさけそうなほどすきで　かけねなく　心の底から愛していて
親がいつかしぬ　と　胸をよぎるだけでひとばんじゅうでも泣きあかすような心と　明るい顔で生きている

家族が胸のうえで手をくんでねていると　しんでいるひとのようで　かなしくて　こわくて　手をほどく。というような文をどこかでよんだとき
じぶんとおんなじことをしてるひとがいるとおもってうれしかった

いまではすっかりそんなふうではなくなったけど

祖父はいなかの名士で
葬式には一〇〇〇人ちかい弔問客がきて
受付には香典の管理のために銀行員がきていたという

親戚が多かったので
わたしは子どものころ　どうもけっこう臨終の場面や葬式をみていたようだ

恋人も　胸のうえで手をくんでねむる

やめられない？　というと

だってそんなの無意識だよ　たぶんらくなんだよ　といった

夜中に目がさめて　台所で水をのみ
ベッドにもどるとかれがまた胸のうえで手をくんでねてることに気づいた
冷えてしまった手をわきばらでこすってあたためてから
鍵のようにしっかりくまれたその指をいっぽんいっぽん　じゅんばんに　ゆっくりずらしてほどいていった

熱いな

ねてるとき　体温たかいのは子どもの証拠、と　わたしは口のなかでつぶやく
はんぶんくらいほどいたとき　きゅうに　熱い手がうごいてわたしの手をにぎってきた
――あ　起こした？
かれはなにもいわずに　体をねじるようにしてわたしを下にした

――しぬといけないから。

アイロンみたいくちづけを顔じゅうにもらう
アイロンは体じゅうにひろがって

大いなる闇のなかの闇のなかの　光のなかの闇のなかで

いまはわたしの人生のなかの
恋人がいる時代なのだと
おもった

心を持った落書き

あのひとが雨にうたれている
青いガラスの破片のような雨の中で
美しいあのひとがぼうぜんと立ち尽くしている
いままさに生きているのに
古い写真みたいになっている

恋は
心を持ってしまった落書きのような
あわれな感情

わたしは
人間のふりをしてるロボットのような

地球の恋人たちの朝食（抄）

ぎこちない存在

わたしたちは
無傷ではいられなくて
傷がいっぱいあるから
光のなかでは乱反射して美しいのだと
あのひとは　いって
その法則は　ロボットのような君にも　もれなく適用されると
冬の頬をつつんだ

満員のエレベータでは人はみな上を向いて苦しい一輪挿しのようだ

この社会では　人間のふりをしなければならないことがたくさんある
ドライアイスを触ってもなんともなかったことも
理科の実験でひとりだけ
試験管につばをたらして薬品の色が変わらなかったことも

さてきょうは
どこへゆく？
どこへでも。とあなたがいったので
耳の中にまっしろな炎がともる

神様このひとで　まちがいありませんか？　まちがいありませんか？　まちがいありませ
んか？

売ってしまった車、もういちど買って。
買おう、クルマ。買お。
クルマのないわたしたちなんて考えられない。
ちっちゃいのでいいの。
安全に動けばそれでいいの。

地球の恋人たちの朝食（抄）

クルマは家じゃない。
快適すぎると旅をしているのだということを忘れるから
クルマは快適すぎないくらいがいいんだよ。

美しいひと
美しいあなた
青い破片でいっぱいの
細かい傷でいっぱいの
手ひどく金星に愛されたひと

短いあいだでも
あなたを連れてゆく
係になれたら

楽子かく語りき

わたしがあなたをすきになるということは
あなたはたくさんの人になるということなの。

わたしのなかで
たくさんの人になるということなの。

鼻をまたいで両方の頰骨のうえにひろがる
星雲のようなそばかすを
楽子は気にしていて

大人になったらそばかすの数だけ　大すきなひとにキスをしてもらえるんだよと

祖母がいってくれてから
そばかすを愛するようになった

じぶんの愛しかたが軽やかではないことが
コンプレックスだった

羽根の生えたような愛しかたをする同年代の女の子をみると動揺した

わたしがあなたをすきになるということは
わたしのなかでたくさんの
ひとですらない　もろもろのものに
なっていくことなの

沖縄みやげで星の砂をもらった

これはあなたの　成れの果てのすがたとおもって
お酒に混ぜて飲んでしまった

ぬいぐるみを山ほど買い与えられて育ったけど
ぬいぐるみの縫い目をみて哀しくなる子どもだった
ぬいぐるみの縫い目をキスしながらたどっていって
どうか縫い目がほどけませんように
ぬいぐるみが長生きしますようにと祈った

こんなはかないものでいっぱいの
地球をうらんだ

ひとが唇をつけた場所は
この世でもっとも強い魔法で護られると
きめて

地球の恋人たちの朝食（抄）

愛しかわたしの魂を護らないと
知って
愛でいっぱいの頭になる生き方を選んだのです

真夜中の洗濯

洗濯がおわるのはいつも真夜中になる。
夜はたいてい湿度が高くて　外に干すと衣類に夜露がおりてしまう

玄関から顔をだしてみると
きょうはごうごうと冷たく乾いた風が吹いていて
これなら朝までに乾くとおもい
わたしはパジャマのすそに　ありったけの洗濯ばさみをつけ
脱水のおわった大量の衣類を抱きかかえて外に出た

飛ばされないようにさえすれば
物干しには絶好の夜だ

地球の恋人たちの朝食（抄）

こんな風の強い夜は
運命とお近づきになれそうですき

悪魔の名前を叫びながら
裸足につっかけで
大量の湿った洗濯物を抱えて立ち尽くした。

腕いっぱいに抱える　固く冷たい洗濯物のかたまりは
恋人の胸板のようで

こんな嵐のはじまりのような夜に
いつかわたしたち　冷たくがつんと抱き合うとおもった

わたしたちの抱擁は

硬く火花が散る感じ
お互いの肺がつぶれて息がもれる感じ
骨や筋肉を感じる感じ
ほんとうにじぶんの魂の片割れのような存在と出会ってしまったら
きっと優しく暖かく甘いことにはならない
あれ、これでいいんだろうか
大丈夫だろうか
これなんだろうか
今なんだろうか

このことなんだろうか　と
目を見ひらいて
お互いの背後に広がる荒野をみつめながら
お互いの筋肉と骨と冷たい火花を抱きしめている
鼓動だけがここを現実だといっている

ガーゼ（「シガール」改題）

詞・曲／まみ

C　G　Am
おれの心は　きれいじゃないなんて

Em　C　G　Am　Em
わたしの　愛するひとを　そんなふうに　いう

F　Am7
気づけばシャツは水玉　シャツは花

F
気づけばシャツは草原　シャツは地図 Am7

C　　　　　　G
あなたの顔を　いつまでもみつめて Am　いたい Em

C　　　　　　G
愛したいという　欲望をかきたてる Am　Em

F
気づけばシャツは色づき　シャツは森 Am7

F
気づけばシャツはくちびる　シャツは星 Am7

だんなさん金魚

空がとても青く
町はすっぽりと金魚鉢のなかに入ってしまった

このアスファルトは、水のなかのアスファルト。
この標識は、水のなかの標識。
この落書きは、水のなかの落書き。
水のなかのそれぞれの家は水のなかの表札をもち
水のなかの苗字はゆらゆら揺れた。

わたしの新しい苗字もゆれて
光の加減でしろく波打ってみえにくく

不安になってごしごしこすった
こする手をだんなさんがつかんで止めた
いいんだよ、だいじょうぶだよ、といった。

よろしく。よろしく。よろしく。よろしく。
よろしくお願いします。ここは心がすべてだから。

だんなさん　金魚
赤い色にドキッとするのは
赤い場所から生まれたから?
わたしはおろしたての赤いスニーカーの足をみおろした。

空気に焦げくさいにおいがした。
水のなかの野焼き。煙。

「昔はうちの近所で庭でごみを燃やしてるうちがいっぱいあった。だから灰が飛んでた」
「うん」
「となりの家の風呂も、何か燃やすやつだった。一人暮らしのおばあちゃんが住んでて、
うちに灰が飛んでくるとおばあちゃんが風呂に入ってるんだなとおもった」
「そしておばあちゃんの裸を想像した」
「家の中でいつも裸だったよ、夏は。みえたことがある。あの感じじゃエアコンなんかな
さそうだった」

回想は泡になってのぼっていって
成仏できる気がした

だんなさん　金魚。

文庫版あとがき

歌集『たんぽるぽる』の初版刊行は二〇一一年の春でした。以降、多くのかたに手に取っていただいて版を重ね、このたび文庫として新しいすがたを得ることとなりました。

この文庫版では、『地球の恋人たちの朝食』（略して『地恋』）の詩も抜粋して収録しています。これは二〇〇一年から二〇〇八年まで書いていたウェブ日記で、フィクション仕立ての日記や詩、小説の断片を思いつくまま綴っていました。

『たんぽるぽる』の短歌たちと並行して書いていた時期が長いので、空気感というか、作品内の基本トーンは通じるものがあり、じつは『たんぽるぽる』各章扉の詩はすべて『地恋』内の文章なのでした。今回本書に収めた詩は、歌集と共通する「いもうと（ゆゆ）」「めぐ」「ウサギ（にんに）」といった登場人物にかんするものを中心に選びました。

歌集は歌集として独立した作品なので、その背景を知らなくてもまったくかまわないのですが、鑑賞の味わいを深める追加コンテンツのような意味あいで『地恋』の詩も入れることにしました。お楽しみいただけたら幸いです。ちなみに『地恋』全文は現在、私家版の電子書籍で読むことができます。

短歌研究社の國兼秀二さん、新しい文庫シリーズの一冊めにお声がけくださってありがとうございました。ネットそのほかで作品を紹介してくれるたくさんの人たちにも心からの感謝をささげます。皆さんの地球滞在のひとときに、本書の言葉がともにあれたら幸せです。

雪舟えま

二〇二一年十二月二十二日　ソフトクリームの後味の中で

たんぽるぽるの棘

吉澤嘉代子

雪舟えまさまへ

歌をうたっております、吉澤嘉代子と申します。

このたびは解説文の御依頼をありがとうございます。

大好きな雪舟さんが私を知っているという驚きと喜び。そして本棚の大切な一冊である『たんぽるぽる』の文庫化に、私の言葉を載せていただく奇跡。家の中で踊りました。

とはいえ、私が『たんぽるぽる』を「解説」するのは、あまりにも烏滸《おこ》がましいので、貴方への愛のお手紙をしたためようと思い至りました。

「いったいぜんたい、まみって誰かしら。むむむ。みんなのほむほむに近づく、たぶん同い年くらいの少女。私だって出来ることなら彼と文通がしたいのに！」

穂村弘さんの歌集『手紙魔まみ、夏の引越し（ウサギ連れ）』を読んだ時、13歳のわたしは嫉妬に燃えていました。手紙魔とは初めて聞く肩書きだ、手紙に魔がついたらストーカーだろう。しかしまみは歌集となった。私の頭のなかには、言葉で心をあやつる小さな魔女のような女の子が浮かびあがりました。勝てる気がしません。

時は経ち、雪舟えまさんを知ったのは大人になってから。ふとSNSの波を眺めていると、短歌ｂｏｔが目に入り、その瞬間ときめきの棘が胸の奥に刺さったのです。

世界じゅうのラーメンスープを泳ぎきりすりきれた龍おやすみなさい

ああ、なんて愛らしいのだろう。なんて儚いのだろう。青ぢろい液晶画面に照らされた私は、さぞ高揚していたことでしょう。屈託のない視点は、まるでビー玉の瞳を持つ子供のよう。すぐに夢中になりました。

『たんぽるぽる』をインターネットで購入したとき、挟まっていた栞にキュンとしたと同時に、口座番号のメモにより後払いであることがわかりました。このまま銀行にお金を振り込まなかったらどうするのだろう。大人はこんな風に見知らぬ誰かを信用できるものなのだろうか。雪舟さんはどうやって生きているの?と。

いちどだけ、雪舟さんのワークショップに参加させていただく機会がありました。なんと、短歌の講師として私の街へ来てくださったのです。初めてお会いするメリー・ポピンズの眼差しは、春の真ん中のように柔らかく、批評は誰をも許すようにやさしいものでした。憧れの人に会った、話した、身体中がふわふわとして、けれども貴方の人となりもわもわと摑めないまま終了時間となりました。はて、あのちくりと甘く疼くときめきの棘はどこに隠されているのだろう。不思議な心地につつまれました。やっぱり思った。雪舟さんはどうやって生きているの?と。

『たんぽるぽる』には雪舟さんが生まれ育った北国の気配を感じます。軽やかで笑いがある、クーピーで描く世界のよう。

雪かきをだれがするかで殴りあう春には消える雪のことで

うれいなくたのしく生きよ娘たち熊銀行に鮭をあずけて
そして歌われる、ひだまりの暮らしに「私も結婚がしたい」と思いました。キッチンやベランダの風景が見えてくる静かな二人の生活。

雪の日も小窓を開けてこのひとと光をゆでる暮らしをします
小さい林で小林ですというときの白樺林にふみこむ気持ち
かと思えば、生活の地続きに異世界の扉がひらく歌も見事です。魔法はいつも近くにあるという真理を教えてくださるようです。

もっとも旅にみえないものが旅なのか目覚めて最初に見るぬいぐるみ
緑色にメーターかがやき車はときをこえてもよいかといった
私は北国の本気の寒さに憧れがあります。息も凍るような雪原で、永遠にとけない氷柱が音楽を奏でる、白い世界を夢みてしまいます。

雪舟さんの歌は甘いささやきの中に痛みを伴います。それがきもちよい。

ふと「死ね」と聞こえたようで聞きかえすおやすみなさいの電話の中に
逢えばくるうこころ逢わなければくるうこころ愛に友だちはいない

「地球の恋人たちの朝食（抄）」は手作りのバースデーケーキのようでした。ふかふかのスポンジに、新鮮な生クリームをしぼり、色々な形の苺をのせた、地球のどこかにいる私のような誰かのための詩。
とてもかなしくて、だけどありがとうと思います。この世に果てがないことを見せてくださる。きっと夢と現はそう変わらない。貴方の言葉には愛があります。

雪よ　わたしがすることは運命がわたしにするのかもしれぬこと

ちいさな棘は抜けぬまま肉にめりこみ、今も胸の奥に刺さったままです。きっとどこまでも深く深く、いつか私の一部となるでしょう。いいえ、もう既になっております。

地球規模の愛を

東直子

二〇一一年に出版された雪舟えまさんの第一歌集『たんぽるぽる』に私が寄せた推薦文の最後に「この歌集がこの世にあることが、怖いくらいうれしい」と書いた。それから一〇年が過ぎた今、この感想は、ますます濃く、強くなった。『たんぽるぽる』を読むことで、今生きている世界の見え方が変わり、熱いエネルギーで満たされた人がどんなにいるだろう。雪舟さんの言葉は確実に「この世」を、じわじわとよきものにしてくれているにちがいない、と思う。文庫として新しい形でこの世に出回ることになり、その機会がまた増えることが、ほんとうにほんとうに、怖いくらいうれしい。

なぜいつも「うれしい」の前に「怖い」をつけてしまうのか。それは雪舟さんの歌がもたらす強すぎるほどの影響と、すばらしく楽しい気分の反語としての圧倒的な絶望を感じるからでもある。

うれいなくたのしく生きよ娘たち熊銀行に鮭をあずけて

熊の娘たちが自分たちの特別大事な食料である鮭を、何より安心できる「熊銀行」にあずけて、心からの安堵を得られるように祈っている。熊の擬人化による熊社会を描いている点で寓話性を帯びているが、もちろん現実の世界の娘たちへのエールでもある。「うれいなくたのしく生きよ」と呼びかけるのは、うれいばかりで楽しくない人生を送った娘たちがかつていたからこそ、だと思う。熊世界の鮭は、人間の世界ではお金に該当するだろう。資本主義社会の中で踏みにじられていた女性たち……身売りされた少女たちなどが思い浮かぶ。そんな貨幣価値に縛られた世界から自由になって「うれいなくたのしく生きよ」と鼓舞する。かつての「娘たち」も含めたすべての「娘たち」に呼びかけた、明るい光に充ちた清らかな祈りの歌なのだと思う。

文庫化にあたり追加されたすばらしい詩集「地球の恋人たちの朝食（抄）」の「オーヴァドライヴ」という詩にこんな箇所がある。

きらきらの夜の道
あたしたちは小さくて弱い

生きてたら何でもできるっていって

無力であることを自覚している「あたしたち」に、さきほどの短歌が応えているように思えてくる。「地球」規模で世界を感じ、祈りへと向かう意識は、雪舟さんのすべての創作物の基本にあると思う。「あたしたち」は、自分自身の心であり、自分以外のすべての人の心でもあるのだ。「アダルト・ハッピー・マンマ」という詩の中の「あたしはおとなになってから幸せになったんだよ」という一文も心に沁みる。

目がさめるだけでうれしい　人間がつくったものでは空港がすき
とても私。きましたここへ。とてもここへ。白い帽子を胸にふせ立つ
きみ眠るそのめずらしさに泣きそうな普通に鳥が鳴く朝のこと
全身を濡れてきたひとハンカチで拭いた時間はわたしのものだ
ホットケーキ持たせて夫送りだすホットケーキは涙が拭ける

好きなもの、愛するものが、どんなに好きか、愛しているかを、様々な角度から言葉を自在に呼びだし、重ねあわせて定型で包み、歌を紡いでいる。きらきらしたイメージのも

たらすその熱い気持ちと高揚感に感動しつつ、同時にあやうさやはかなさも感じて切なくなる。どの歌も、一瞬稲妻のようにきらめき、消えていく。別の世界へ持っていくための、この世の純度100％の瞬間をファイリングしているように感じる。

なんてめぐ、しずかに引越してきたのあの初々しいごみをご覧よ

「めぐ」の引越しごみを讃えている。「初々しいごみ」の具体は浮かばないが、そのように感じた心はなんとく分かる。この歌を読んでからは、「誰か引越してきたな」と思う少し多めのごみも、透明な光を帯びるようになった。地球的規模で愛をうたう魂は、道端のごみの輝きも見逃さない。

鏡台の奥のコールドクリームに母は遥かなかがやきを飼う

鏡台の引きだしの奥に長年しまわれたままの白い「コールドクリーム」。そういえばそんな言い方はあまりしなくなった。永遠の時間を象徴するアイテムでもある。この「母」は、たった一人の「母」であり、「私」であり。すべての「あなた」なのだと思う。

「たんぽるぽる」
単行本　二〇一一年四月四日刊行（短歌研究社刊）
「地球の恋人たちの朝食（抄）」
ウェブ日記二〇〇一～二〇〇八年より抜粋

令和四年二月二五日　第一刷印刷発行
令和四年四月二五日　第二刷印刷発行

たんぽるぽる

著者　雪舟《ゆきふね》えま
発行者　國兼秀二
発行所　短歌研究社
郵便番号一一二－〇〇一三
東京都文京区音羽一－一七－一四　音羽ＹＫビル
電話〇三－三九四四－四八二二・四八三三
振替〇〇一九〇－九－二四三七五番
印刷・製本　大日本印刷株式会社
ブックデザイン　鈴木成一デザイン室
ISBN978-4-86272-699-5 C0092

短歌研究文庫〈新ゆ－1〉

雪舟えま　ゆきふね・えま
一九七四年、札幌市生まれ。小説家・歌人。著書に歌集『はーはー姫が彼女の王子たちに出逢うまで』（書肆侃侃房）、文芸絵本『ナニュークたちの星座』（アリス館）、現代語訳『BL古典セレクション１　竹取物語　伊勢物語』（左右社）、小説『緑と楯　ハイスクール・デイズ』（集英社）ほか多数。